蔓延在小酒館裡的聲音

Live in Pub

李茶 著

在夏夜裡（代序）

在將近午夜的小酒館裡，我們對著鋼琴手喊：「彈『美妙的泡沫』吧！」鋼琴手別過頭去和貝斯手低語幾句，然後笑了起來，他們不會這首曲子。

從澎湖回來的阿雄拿了一只瓦楞紙盒走了進來，神秘地打開，裡面密密實實地用報紙包著仙人果。大家起鬨著要他示範吃法，我搶過小攝影機要拍下作爲某種紀錄。有人向吧台借了刀子，阿雄切開仙人果的一端，頭舉得高高的，仙人果實自開口擠出，有點兒淫穢地滑入他的口中，像是某種性愛的儀式，大家對此景象嘖嘖作聲。

吧台送來了哥哥點的龍舌蘭，已有點神志不清的豆干說龍舌蘭裡會浸一隻小蟲，這句話聽來像是一首爵士樂曲名，也許是七〇年代某個自由爵士小喇叭手在夏夜裡的聲音奇想。在笑聲裡，隱身酒杯的小蟲似乎開始調皮不安地扭動著。

貝斯手發瘋地彈著，滿頭大汗，嘴裡還叼著煙。鋼琴手被引誘得也狂飆了起來，他的側臉看起來有點兒像路易·阿姆斯壯。

大家開始說起爽約的魯魯，恥笑他被迫撰寫無厘頭搞笑劇本，阿雄笑時露出被仙人果染得紅森森的牙，像個剛吃飽的吸血鬼。

我們傳閱著他在外島軍旅生涯時的攝影作品，裡面夾雜著以前大學生活的照片，發現一張人馬雜沓的運動會中，我昔日的情人站在一個小角落上，我偷偷地指給天蔚看，天蔚卻以笑容告訴我他早看見了。

不知道誰又拿來兩大杯2000c.c.的啤酒，我們開始對著眼前的酒嘆氣。

小酒館裡煙霧繚繞，樂手們彈起傷感的「秋葉」，大家沈默了幾秒。哥哥提起豆干當年半瓶台啤就昏死的糗事，豆干結結巴巴地辯解當年的意外，其實我們早已聽過八千遍了。

在一旁努力鑽研仙人果的小魚，發現可以像吃石榴一樣地將仙人果切開，擺脫了過於展現欲望的吃法，大家都有了吃的欲望。

不知道是誰起頭的哲學話題，德希

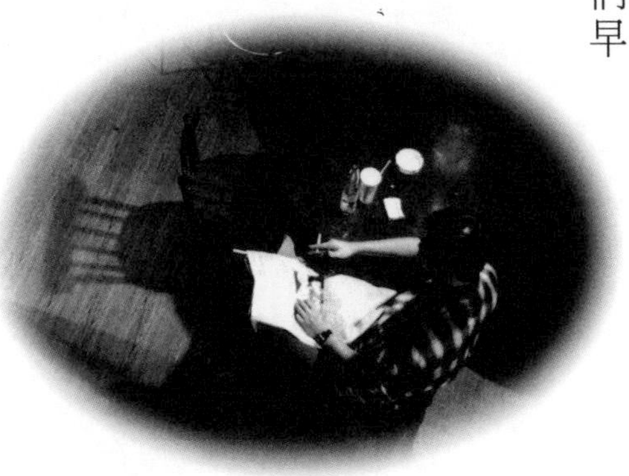

達、傅柯、阿圖塞……這些死鬼又魅影幢幢地沸騰於空氣裡，存在、虛無、主體、霸權……久違了，朋友。

一隻貓躡著足走過窗外，從這裡數過去的第九盞街燈一明一滅地閃了一整夜。

目錄

酒館裡的阿寶

沒有辦法抗拒，有一段很長的時間，每天晚上，阿寶就只想往小酒館裡鑽去，阿寶不喜歡去disco pub，那兒太吵，燈光令阿寶頭暈目眩，阿寶總是很固定地去那間小酒館，在那裡，阿寶感覺到自在。

那年，當阿寶決定放棄自由撰稿者的身分，開始像大部分的人一樣打卡上班起，每天早上，阿寶會穿起燙得筆挺的衣服，跟所有的人一同做著機械化的事情，出賣時間賺取金錢，逐漸，阿寶發現，同事似乎永遠不會是阿寶的朋友，彼此從這間公司到那間公司的游移，沒有私生活上的牽扯，他們不需要是同一種人，即便全然相異的性格對分工社會而言，並沒有太大的干預，他們不會共同分享過去或未來，也不會爲職業賣命。

是的，那是阿寶的職業，不是阿寶的工作。

感到恐懼，似乎下班後，除了茫然地逛大街之外，就只能回家守著電視機。於是阿寶必須要到小酒館去，至少在那裡，阿寶可以尋找到與他同質性較高的朋友，他們在白天遭遇著相同的痲痹，在夜晚群聚時，還勉強可以隱約感受到眞實的自己，或者說，過去的自己。他們有超乎生活經驗之外的話題，不必擔心自己因「異」而被排除。

他們似乎成了一群吸血鬼，白天和正常人一樣生活，到了夜晚，藉助酒精便現出原形。

3 酒館裡的阿寶

在小酒館裡，他們以不同的思考模式經驗著夜晚，甚至，連使用的語言都迥異於白日。在夜晚的生活中，隱隱約約的，阿寶感覺到對白天生活的不滿，但是不滿什麼呢？阿寶需要一份工作，需要薪水來維持阿寶的生活，隨著年歲增長，社會會認爲阿寶應該過什麼樣的生活，阿寶需要更多的錢，也需要一份「被認定爲」正當工作的職業，來省卻許多麻煩。

想起以前沒有固定工作的時候，阿寶的生活很愉快，他可以維持基本生活，也可以擁有自己的靈魂與時間。但是很顯然的，周圍的人都看阿寶很不爽，他們不能理解阿寶爲什麼總是一副無所事事的樣子，白天總是在睡覺或混在咖啡廳裡，晚上又總是清醒的，直到雞啼狗叫。

早睡早起有益身心健康。

人長大了便應該好好工作，學習負責。

沒有公司就沒有勞保，不靠行就只能流浪。

不希望你學壞。

每一天，這樣的話語都逼著阿寶要去找一份上下班的工作，社會希望阿寶能依照所有人的時間規律行事，對於脫軌的人，總是令旁觀者感到焦急。

後來，阿寶的生活真的很規律了。

7:45　起床，刷牙洗臉，穿衣服，出門上班

9:00　進辦公室，開始工作

12:00 午飯和睡午覺
13:30 午休結束，繼續工作
18:00 下班，但阿寶習慣繼續加班一陣子
20:00 吃晚飯
21:00 去小酒館和朋友見面
23:00 坐最後一班捷運回家
1:00 睡覺

每一天都一樣，如果阿寶有一天省略了往酒館裡鑽去，便會有種悵然若失的感覺，似乎在小酒館裡和朋友見面的那兩個小時，維持著第二天可以忍受這種生活的動力。

辦公室裡，沒有人能忍受阿寶千奇百怪的想法，每一個人都恪

7 酒館裡的阿寶

守己道，對上司畢恭畢敬，與阿寶對工作的認同天差地別。阿寶沒有尊卑觀念，但卻必須遵守所有不合理的規定，出賣著自己的靈魂與身體，拿時間換取金錢，唯一令人欣慰的是，所有關心阿寶的人都很支持阿寶，他們覺得這樣很好，早睡早起，每一個人都應該有一份正當的工作。

阿寶失去了靈魂，思考的成長愕然煞住，遲緩且逐漸在退化中。在小酒館裡，依稀，阿寶可以找到一些過去的影子。

後來，阿寶發現，那些固定與他在小酒館裡見面的，不論是多年的老朋友，還是新結識的，都竟與他遭遇相同。他們像是被夢想遺棄的孩子，靠酒精追溯過去的美好時光，或者，希望酒精能帶給他們更多的勇氣，去反抗加諸於他們身上的規範，或者，能更眞實地面對自己。

9 酒館裡的阿寶

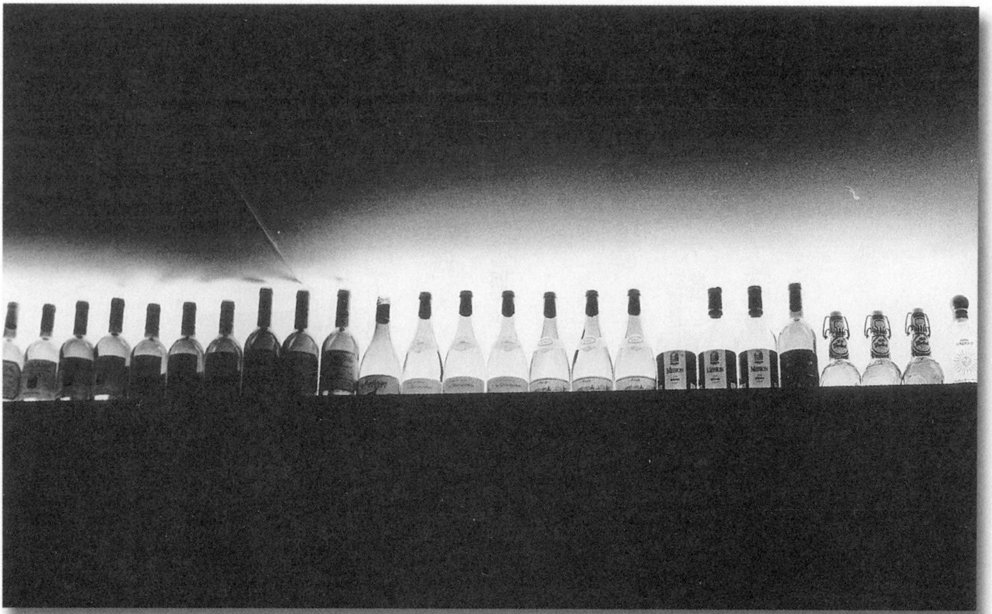

這是屬於他們這群人的文化嗎？

這是屬於他們這群人悲哀的次文化。

在小酒館的昏黃燈光下，阿寶和朋友們喝著啤酒，聽著在工作時，沒有人會被准許放的吵鬧搖滾樂，四周喧嘩，他們開始囂張地說話，不再謙卑，跨越了性別，就算說了極具性暗示或暴力的言語，大家也只會哈哈大笑或更靈巧地回應，沒有人會說這是性騷擾或威脅，似乎在小酒館裡，人擁有了免除迴避禁忌的命令。

阿寶感覺到自由。

刺青與煙，不再是一種不應該的罪惡。

點起煙，不說話，音樂讓它再更大聲一點，一口喝下半杯啤酒，管它是不是夜晚刺激人的荷爾蒙，阿寶的今天，現在才要開始。

小酒館手記 I

我沒有辦法不將pub跟以下幾件事情聯想在一起。

性／寂寞／無處可去／想要又不敢要／不知所措／無力感／悲哀／死

每次看到一大堆陌生的男男女女擠在那樣的小小空間中，我就感到害怕。許多時候，有些平常不會跟我們玩在一起的人，如果聽到我們今晚要去某家「比較不會那麼貧窮」的酒館，便會說：「真的啊，我今晚也有空，一起去吧。」聽到這樣的反應，我總覺得是酒吧吸引了他／她，而不是朋友的關係。

與其說是酒吧，不如說是酒吧裡的異性、酒吧裡的氣氛、酒吧裡浪蕩的可能性，還有酒吧裡高舉的那面宣示牌，再再以實際說明了文字無法呈現出的墮落與混亂。

不可或缺

在一本介紹小酒館的指南書側，寫著：「都市生活不可或缺的綜合情報指南」。

pub——都市生活——不可或缺

「生活在大都會中的您，每當夜幕低垂時，將何去何從？」（某本pub指南扉頁。）

你該何去何從呢？

字詞分析——

生活在大都會中的您：大學畢業的小職員、面臨生活困窘、初初面對社會時的雄心萬丈都在現實生活中消磨殆盡、付不出房貸、信用卡循環利息越來越多、依照正常升遷管道預計在五十歲時可以爬到經理的位置……

每當：例行公式，日復一日必須履行的事情。

夜幕低垂：進行的時間，不是在清晨微曦，也不是在烈日當空之際，而是荷爾蒙分泌旺盛的夜晚。

何去何從：徬徨。原因是，你應該回家，但不想回家，你應該加班，但不想加班，你有很多「應該」的方向，但是你都不想。

15 不可或缺

「所謂：『上班一條蟲，下班一條龍。』當您總是越夜越high時，要如何宣洩心中那把熱情的火呢？」

酒館裡提供了什麼，能讓你宣洩「心中那把熱情的火」？酒精？音樂？女人？同性間的談話？幻想？一個人的時間？除了酒精之外，還有哪一項是你可以在menu中清楚地找到、點到、用錢買到的？

酒館提供了你不可或缺的一個自由所在，你可以做所有違反常規的事，你可以變成另一個人，你可以踰越白日種種規範，你可以飛，藉以酒精的力量。

酒館誘惑著不知何去何從的人，性、酒精，與毒品，這些令人迷醉及暫時性失憶的東西，魅惑著對現實不能滿足（或年紀尚未到屈服）的人。

17 不可或缺

這個世界，似乎總是存在著兩種人：一種是逆來順受，相信命運的人，另一種則是叛逆不馴服，卻無力反抗的人。前者選擇回家或加班，後者選擇離開此方走向彼方，尋找一個逸出置位的通路。

在黑夜中閃爍的小酒館，一個不可或缺的逸出地圖。

小酒館手記II

解讀pub，竟然找不到這個字的起源或變革，所以那種類似考掘學（archaeology）或系譜學（genealogy）的想法，顯然也就不可能了。字典上就這麼簡單地寫著：「pub，全字為public house，意指合法賣酒的地方。但現在的酒館以現代式的建築，傳統的已不多見了。」

這樣的解釋，有著兩個明顯的「刺點」。一是「意指合法賣酒的地方」。在pub雛形形成之時，想來當時是有許多私釀酒的狀況，導致能「合法且公開」地賣酒，成了一個重要的權力。

而另一個刺點則是解釋中莫名其妙出現關於建築的敘述，現今我們對當時酒館的建築形式，似乎純粹地停留在想像之中，既非權力核心建立權威性的絕對設計，也不是古蹟豪宅足以說明歷史的遺址，普通尋常如龍蛇雜處的小酒館，平民化社會的歷史不過是隨時間消逝的砂礫，很少看到以往這樣的場所是在什麼樣的空間，而這個空間的沿革與興衰又是如何變化。

一本討論維多利亞時期平民文化的書中，提及當時的酒館文化，歸納起來，社會學研究者大約是這麼樣定義著當時的酒館存在與必需的原因。

1. 小酒館是因受縛於女性的正常男性所需要。

2.小酒館提供男性所「必需」的社交、家庭生活，以及性「服務」。

3.進入這個場所，便形成了某種類似男性宣言般的宣示，自家庭生活中撤退，以便追求權力。

4.這裡提供男性追求休閒與支配結構的能力。

5.將女性私有化的世界。並因此一空間的存在，女性氣質被定義在家庭生活、生育、順從、清潔，以及自我規律的。一個空間區隔出一條看不見的線。

6.出入者被女性認為是值得尊敬的人士。

7.小酒館提供女性以反抗而可以贏取得到男性地位、收入，以及社交、休閒等機會之處。

8.出入這個場所，象徵著男性反抗女性命令的表示。

23 小酒館手記II

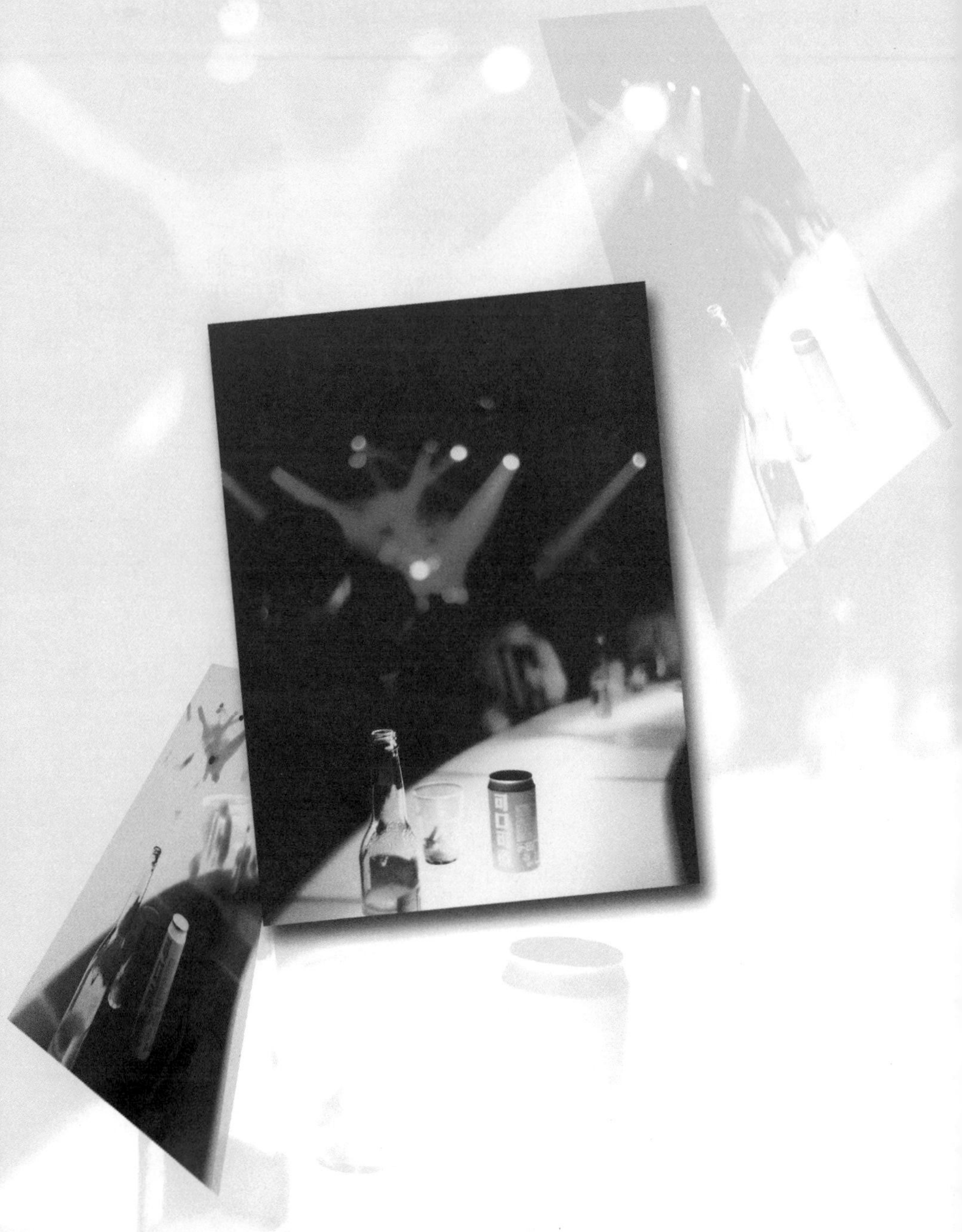

一個場所轉變為文化寓意上的空間，從合法賣酒的場所，成為性別對抗甚或權力宣示的角搏地。

鄉愁

馬克思所言的那種工作方式，我們稱對其的渴慕情感為鄉愁。一種將人的勞動與生產物緊緊相繫的工作型態，姑且先不論在工業社會是否可行，但現今我們確實是無法清楚地指出，哪一項產品可見我們努力的痕跡。我的勞動淹沒在龐大的體制之中，說是合作，倒不如說是吞噬，相較起小時候勞作課時完成的燈籠和風箏，那隱約地勾起了我們對勞動生產的鄉愁。

白日，不論彼此的公司營業項目多麼不同，我們各自在自己的位置上，依循著相同的工作倫理，包括世界統一的格式化、下對上的共同簽呈與對應語彙、相同的組織結構，舉凡此類諸多種種，我們各自的公司製造出麵包、冷氣、桌椅、球鞋、藝術活動、股市風暴、城市風貌等等，我們這渺小的螺絲釘，捲入生產機器開動的嘎嘎聲響，微弱得彷彿聽不到存在的聲音。

好像背離出生地，遠笈重洋的異鄉客，在那外國語言喧嚷的陌生地，聽不見母語的安慰，於是，或許會在陌生地的某個小角落，出現了同鄉會這樣的組織，那些異鄉客群聚於此，終於占領著一方小土，尋得溫柔撫慰鄉愁之所。

那夜晚的小酒館，群聚著這群白日的世界生產線公民，在規格化的要求下，機械式地重複手邊的工作。打卡鐘一響，他們便聚集到這同鄉會裡來一解鄉愁，在此總是可以表明自己的異質性，說說對那托拉斯經營管理模式的不滿，似乎這些生產線上的異鄉客，若

27 鄉愁

非爲了每月五日匯入帳戶的微薄薪資，其實也都是極有原創性的生產者。

同鄉會，吸引著應該出生在古老年代的勞動者，在這錯愕時刻，共同訴說那永無止盡但終會妥協並淡忘的鄉愁。

29 鄉愁

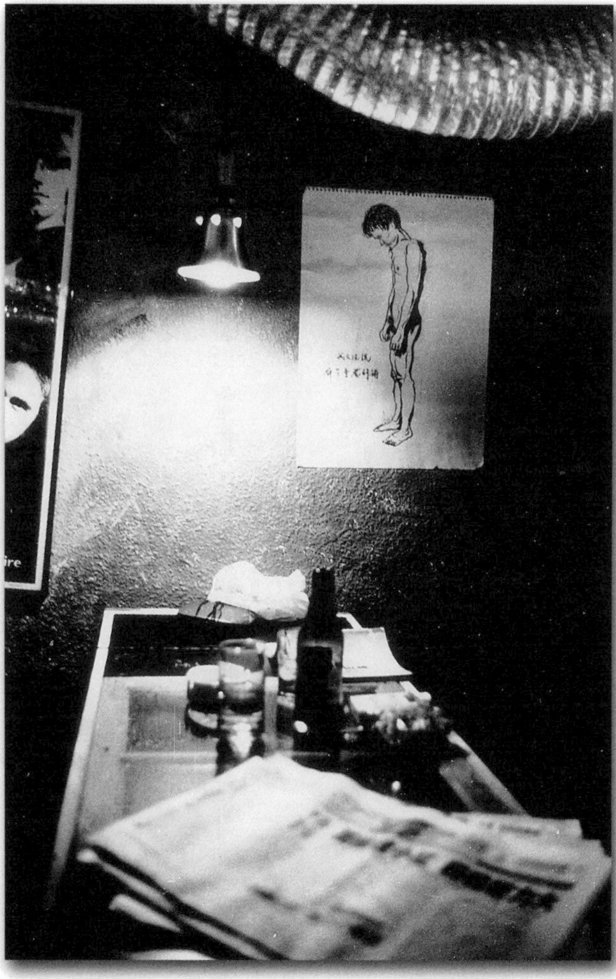

小酒館手記III

昨天晚上，和T看完電影，他說幾個朋友從國外回來，要一起去pub。

他們約在東區一間極漂亮的disco pub，極度擁擠。

不知道什麼時候開始，我覺得disco pub跟我的距離越拉越遠，甚至它們不該叫pub，只不過是有一個舞池兼販賣酒精的場所罷了。

總之就是去了。

見面的那些朋友，我都不認識，年紀極小，大概都是二十出

31 小酒館手記III

頭，他們談的話題不外乎是哪裡又新開了一間pub，哪一間的音樂跳起舞來很棒云云。說起來我真是一點也不懂，我很習慣在某一間pub和朋友見面，就算只是自己一個人，也無所謂，反正和吧台混熟了，感覺像是永遠有一個朋友在那裡等著你。

他們拉我下去一起跳，我想真的是老了，開始對於陌生人間不經意的肌膚接觸，感到嫌棄與厭惡。汗水與身體散發出的濃郁氣味，雷射燈不停閃爍，停格每個人的姿勢。

年齡差異的問題，來自與日俱增的自覺性，我已經無法像十年前一樣，感受毫無意識的反射性快樂。

那種因無知而呈現出來的輕盈，真的是很迷人，從他們的穿著、笑的方式、思考與說話時那種肆無忌憚的狂妄語氣，都呈現出一種我從不以為與小酒館相關聯的景貌。

他國原鄉

你走進小酒館，分不清楚自己置身何地，永遠不足的昏暗的光源、同品牌的啤酒、同年代的搖滾樂、飛鏢、撞球台、吧台上方小電視機裡永遠有著播不完的足球賽，身在何方？他國異鄉？

迎面過來的臉孔不分膚色人種，國際語言混淆了認同（或者釐清了認同），甚至你會想，也許麥當勞並不是最大的國際連鎖餐飲，即便名稱與擁有者不同，但小酒館，似乎正共享著某些東西，使得環境熟悉得令人陌生起來。他國殖民地，在我小小一方紮根蔓生，牢不可動。

不分國籍、男女、老少、膚色、品種、學識、文憑、富貴貧賤，小酒館的群聚者，跨國界地形成共有的空間經驗。

那些習慣刺激與幻想的，他們自會推開奇情綺夢的酒館之門。而這些渴望共同情景，流浪於不同國境者，唯有夜晚，在他國返回原鄉。

當所有事物越來越迅速地傳送到各地時，不可抵禦的，是無國界時代的來臨，過往所期盼的，如今逐步實現。

酒館無祖國，單單這一小小置位問題，在明確的地理上清楚地模糊著，便要引來諸多原鄉文化討論，向來如此，邊陲國家如何有能力扭轉跨國企

35 他國原鄉

業帶來的文化轉型？他國人在此尋得原鄉，原鄉人在此亦覓得包裹在軀體之內的原鄉文化。

小酒館，文化交戰地，沒有彈藥味的，同化與異化，一併進行。

37 他國原鄉

小酒館手記IV

擁擠的小酒館中，他們等待著陌生異性的眼光、試探性的觸碰、搭訕，以及接觸未知領域的機會。但對我而言，這一切都轉移到了工作上。我的工作提供我多元接觸的可能性，但當我面對這些可能性時，所表現出的卻是職業反應，從未放鬆這單純的欲望。

自覺性越高，世界越是狹隘。

那一年我隻身前赴異地工作，夜晚百無聊賴，只得往酒館解悶，不意自己竟然亦無法全然地鬆懈，仍意會到異鄉人那種寂寥

39 小酒館手記IV

BLUES
FINEST JAZZ SINCE 1939
BLUE NOTE
BLUE NOTE WORKS
1500 SERIES

與宿寞。即便酒館中也認識了幾個因工作領域近似的朋友，說起話來十分投契，但仍是有種隔閡，直至酒精麻痹了聽覺、視覺等辨別感官，方纔慢慢地不再拘謹。

相較於那些年輕的pub客，似乎不管他們從什麼地方來，生活唯一的重心便是夜晚的小酒館，即便只不過是個過客，一個禮拜內，對夜晚地圖的熟稔程度，遠超過居住數十年的定居者。他們對「他國原鄉」的文化毫不陌生，或者說，他們無祖國意識，唯有深夜裡的小酒館，像是世界不統一包裝的連鎖店，存在著相同的文化，令他們感到熟悉與安全。

酒館裡的Johnny

Johnny，男，三十三歲。

第一次遇見Johnny，是在東區某間很「都市新貴派」的酒吧裡，那天在附近有個採訪，結束後，和合作的香港攝影師想找個地方喝杯酒，走完整條街都沒看到類似我們平常去的小酒館，後來便決定走進這家外面完全看不出裡面是什麼樣子的，看起來「粉」昂貴「蓋」高尚的酒吧。

酒吧裡人很多，座位幾乎全滿，於是我們坐吧台，Johnny坐在離我們約兩、三個座位的距離，他獨自一人喝著威士忌。開始搭訕是從攝影師的吃飯傢伙開始聊起，他有些好奇地問我們是做什麼的，還跟攝影師借了相機去看，他說，他以前也很喜歡攝影。

我們便這樣聊起來，當時並沒有想到日後我會以酒館文化爲主題，寫這樣的一本書，只是很好奇什麼樣的人會自己到這樣的酒吧來，點一杯酒，享受屬於自己的夜晚。

Johnny是個相當健談的人，這點從他的外表是看不出來的，我們相談甚歡，彼此也留下了聯絡方式，不過他並沒有和我聯絡過。但前幾個月，攝影師爲了調一個資料找我幫忙，從香港打電話來，我們聊了一會兒，不過因爲生活沒有什麼交集，所以很快就陷入沒有話題的尷尬，他突然告訴我，Johnny在聖誕節的時候去了香港，還跟他聯絡過，他們一同到Le Cite吃了法國菜，並相約去看了一場表演。

43 酒館裡的Johnny

Johnny目前在某知名日商電子公司工作，後來我們都不曾再聯絡過。

我爲什麼會自己一個人來喝酒？我也不知道，好像成了一種習慣吧!?因爲沒有家庭的負累，下了班後，回去面對空蕩的房間，也不知道該做什麼，到酒吧裡來喝一杯酒，總是有一種自我享受的陶醉感，說是自戀也不爲過。自己坐在吧台，沒有人來打擾，可以靜靜地想一些事情，白天工作時沒有空想的，不管是未來或者是過去，總之坐一下再回去，感覺上似乎比較不會那麼孤單。

如果你覺得孤單，那爲什麼不結婚呢？

我想結婚是一件需要很大勇氣的事。好像看了很多失敗的婚姻關係，弄到最後，徒增困擾，彼此反目成仇，甚至有人的前途就這樣毀了。我不是那麼確定在一段長久關係裡自己的耐性和定性，我想與其如此，倒不如維持自由自在的「分租形式」，大家好聚好散，不會給彼此添太多麻煩。

什麼叫「分租形式」？

一個朋友，也是在酒吧認識的，他說：「結婚不過是另一種的分租形式。」想想也是很對，不過就是睡／稅在一起或是分開，既然如此，不如像共同分租一層樓一樣，連各自的財產都清清楚楚的，各自管理，分手也不麻煩。房客之間，每天見面，高興就多說兩句，不想講就各自回房，也沒有義務要爲她的家人親戚服務。

其實大部分的女孩子都是在工作上接觸而認識來的，彼此都有好感，日子久了，如果對「分租式的愛情」都很有共識，就自然會在一起。在酒吧裡認識的也不是沒有，不過往往我也不會付出什麼眞情，也不會帶回家，有幾次眞的是酒後亂性，早上起來，看見旁邊那個陌生人，覺得有點奇怪，開始會害怕，例如要我負責啦，開始糾纏我啦等等，像連續劇演的那種泡沫劇情。不過眞實生活裡我還沒有碰到，女孩子似乎都很獨立，也有了不言而明的逢場作戲概念，她們大多都起床後打個招呼，或許一起吃個早餐，如果趕著上班，就會留個電話，丟下一句：「有空call我，一起吃個飯。」云云的，是眞的有人曾call過我，問要不要見個面，不過如果不要，她們也不會怎樣。

有的時候，前晚睡過了，第二天又在酒吧裡碰到，起初我會覺得有點尷尬，現在還好，大家就打個招呼，像朋友一樣，沒事。

說自己沒什麼經驗，可是聽起來好像不是這麼回事哩。攝影師和我，都嘲笑了他起來。

a night at bird land
ART BLAKEY
in'n OUT

一夜情嘛，歷時短暫，當然相對地替換的速度也快，一年來個三、五次，也不會覺得多。

覺得什麼樣的女孩子會來酒吧呢？

公司裡也有些女孩子會來，不過大部分都是爲了某些事情，例如過生日啊、大家聚會啊這些特殊狀況才來的。我想酒吧裡的女性常客，應該是比男人少吧？尤其是結了婚之後，女人總是有很多家務，不一定是要去做家事，但總是要回家處理小孩啦、公婆啦、娘家啦，反正很多牽掛就是了。男人不管結婚沒有，下班後過來喝一杯，很正常普通的。

我不會覺得常來酒吧的女孩子不正經，不過倒是眞的見過很多不太令人欣賞的就是了，好像很刻意來這裡彰顯自己的性別，常常會有放肆的笑聲或言談，挑逗著和她一起來的男士，至於辣妹，嘿

49 酒館裡的Johnny

嘿，很多，不過我想對她們來說，我可能有點老了，偶爾碰到幾個，都會開玩笑地叫我「歐吉桑」。

你會來泡妞嗎？

我不會刻意地來這裡認識女孩子，不過我確實是有些朋友很習慣在這裡認識個性上比較開放的異性朋友。說明白點，大家不會拖拖拉拉，不過也有例外，我想台灣的女孩子在對待愛情這件事上比較放不開，就算是在深夜酒吧裡認識的男人，分明知道大家不過玩玩，難免也會碰到弄不清楚狀況、糾纏不停的。我是沒有碰到過，我想是因爲我很謹愼吧。不過倒是有的時候會看見同事黑著眼圈上班，苦笑地說：「又碰到一個纏人婆。」

我想，或許這一輩子，我都不會停止在酒吧裡獨坐的習慣。其實上班一整天，眞的很疲倦了，下了班，只是想靜靜地脫離那個環

51 酒館裡的Johnny

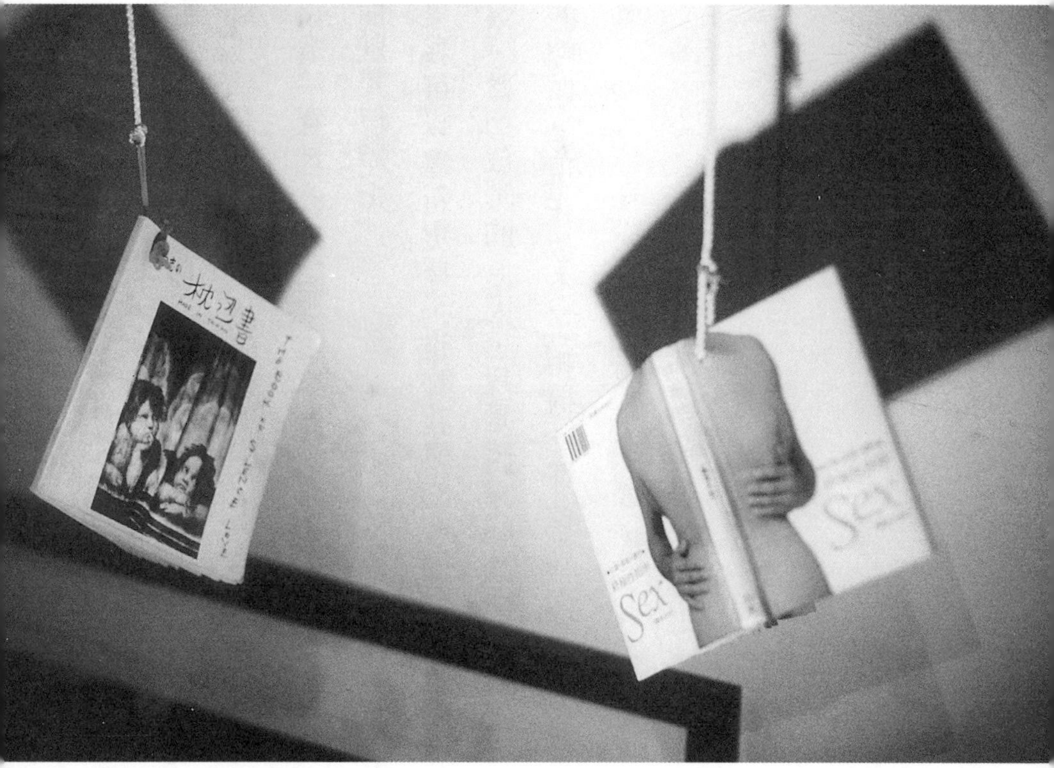

境，一點工作上的事情都不想再聽到了，也不想面對現實，至少酒吧提供給我一個可以暫時忘記一切的地方吧。我也很希望自己可以像個公務員一樣地去面對建立家庭、生小孩等等，平凡的感覺是很好，然而就是沒辦法。

如果我可以重新選擇，也許我眞的會去當攝影師呢，不過總是事與願違，當初放棄的原因，只是因爲經濟問題罷了，不過這也是最迫切的問題。現在放下了相機，好像就一輩子都再也拿不起來了。

窗戶

一個石塊中間被鑿空了，中空地區成爲一個空間，一個單純的空間無法成爲場所，無孔可入，不能構成人的活動，於是有了門與窗，成爲人們做某些特定事情的場所，然後，當人離開，它自律地形成某個特定的空間。

門是空間的膜（hymen），要進入必須要破除膜的存在，破壞空間原本的完整，改變自存自生的屬性，成爲另一個歸屬的空間。那麼窗戶呢？

相對應於門，窗戶成爲門裡空間的延伸，在此空間之外，還存在著外部空間，外部空間視覺可見的周圍，還存在著無限的地球空間。窗戶使得空間無法封閉地漠視現實，以及其他種種相應而生的環境、所在地、時間、時代。

空間的窗戶，在傳統的認定中，至少是爲了兩個基本的要求：採光與換氣，自然光透過窗戶，提供照明；空氣透過窗戶流動，使人呼吸順暢。在此基本要求之外，還有其附加的功能，即是封閉與開放的視覺感，人在開放、不具壓迫感的空間，容易放鬆，而室內與室外，因有玻璃窗的區隔，不至於感到暴露。

尋求悠閒的人，總習慣坐在咖啡廳的窗邊，凝視窗外。窗內是靜止的，窗外是川流不息的，靜與動的對比，令人感受到：我，外於這個世界。

酒館的窗戶。

你開始搜尋記憶中酒館的窗戶。

有人習慣坐在酒館的窗邊嗎？

找不到可倚窗空望的沈默。

現實的空間要求開放與延伸，想像的空間卻尋覓封閉與內縮，閉鎖的空間，不需要現實的對照文本，我，酒館裡的常客，自我即可成爲文本。

將窗戶上鎖，玻璃迷濛模糊，甚或直接走入地下室，讓現下的空間占滿全部的視覺，延展出去，不是現實所見，我並非外於此空間之外的世界。

我已身處於另一個世界。

在此空間裡的種種，都將刺激我內在的另一個現實，我需要用存在於同一軀體內的另一個靈魂，塡補這一個靈魂所匱乏的部分。

57 窗户

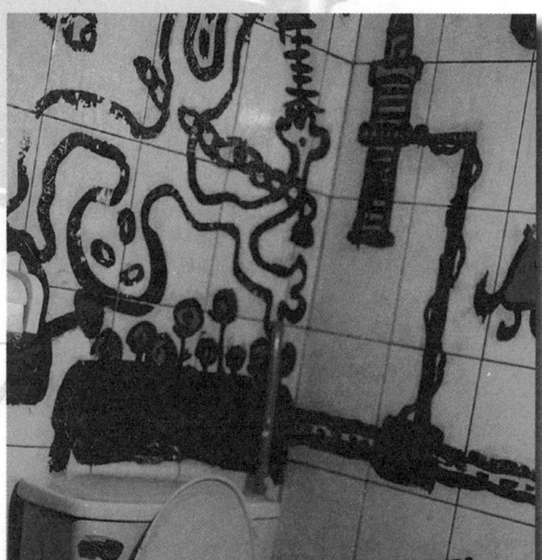

封閉空間裡，群聚者心思凝聚，共同創造這一刻的（稍縱即逝的、不可磨滅的、旋即遺忘的、不經意的）永恆。

小酒館手記V

技術犯規。有趣的技術犯規。

我並不打算視此為女性主義的文字遊戲，或以此反抗了父權文化主導下的任何宰制，不過第一次看到這份menu時，確實讓我嚇了一跳，性與忌屎之語彙，赤裸而坦白地揭露欲望與不堪入目的污穢。

來自規範化生活的潔癖，在此對比之下，昭然若揭。

我們對於碰觸到「性」的議題，三緘其口，那些從相近地方排泄出來的人體產物，亦視為同樣的私密。似乎它們都洩漏了一些產自個人最隱私的秘辛，不該探究，卻又過於迷人，令我難以抗拒犯忌的誘惑。

從生殖器官到各種性別副象徵，從排泄物到令人作嘔的傳染疾病，這份來自「女巫店」的menu如下，坦承了酒館中無可遮掩的熱愛犯規行為。

摳肺Coffee

愛爾卵／萎也捺／卡不雞弱／漫得淋／疤鬏／屄雞淋摳肺／

發泡冰摳肺／血塊冰摳肺

瘋騷茶

月經冰茶／早洩冰茶／奶頭桂圓茶／補血氣奶茶／伯爵的奶茶／椰香人奶茶／極差（桔茶）／隨狗茶／醺咿吵／鬼話茶

Hot coffee
Blue Mountain
Medilling
Mocca
Brazil
Columbia
Italy
100
Cappuccino
Milk Coffee
Vienna Coffee
Chocolate Coffee
Fruit Tea
Orange Tea
Royal Milk Tea
150
underworld coffee
NT.100

／摸裡滑茶／霉龜滑茶／小懶媒茶／貧狗茶／勃合茶／性逃茶

渴渴奶

椰酒渴渴奶／發泡渴渴奶／漂浮渴渴奶

奶吸

忙裹奶吸／情人裹奶吸

蛋泌汁

柳橙蛋泌汁／百香果蛋泌汁／鳳梨蛋泌汁／雜交蛋泌汁

王水

冰奶蘇打／苦口苦拉／很爽沙士／削斃

猥褻餐

大條烤雞腿飯／小條烤香腸飯／糜爛豆酥魚飯／雞雞大力麵／懶蛋大力麵／酥麻膿湯／懶條沙拉／睡覺（水餃）

垃圾餐

公鴇畸丁／泌汁烤肉／麻辣肉絲／紅騷牛肉／沒肝扣肉／裸漢素燴／三杯雞雞

狗汁Juice

溼溼的柳丁汁／澀澀的檸檬汁／小小的青梅汁／腫腫的葡萄柚汁／稠稠的蘋果汁／騷騷胡蘿蔔汁／血腥番茄汁

鄙兒Beer

狗拉屎Grolsch／勃頂湯溼Boddingtons／乞凌一番榨Kirin Ichiban／歹丸Taiwan Beer／妞卡縮New Castle／賣割Michelob／口入那Corona／含妳恨Heineken／爸歪色Budweiser

純情酒

夫特佳Vodka／大雞巴Tequila／緊Gin／萎失禁Whisky

調情酒

魂遊世界Around the World／常倒病碴Long Island Ice Tea／蔡青屎Greenbaby Shit／新加坡死靈Singapore Sling／血腥馬痢Bloody Mary／懶叫Blue Bird／那裡不Malibu／身來失Sunrise／馬叮妳Martini／馬割痢遢Marguerita／屁肭可拉大Pina

67 小酒館手記V

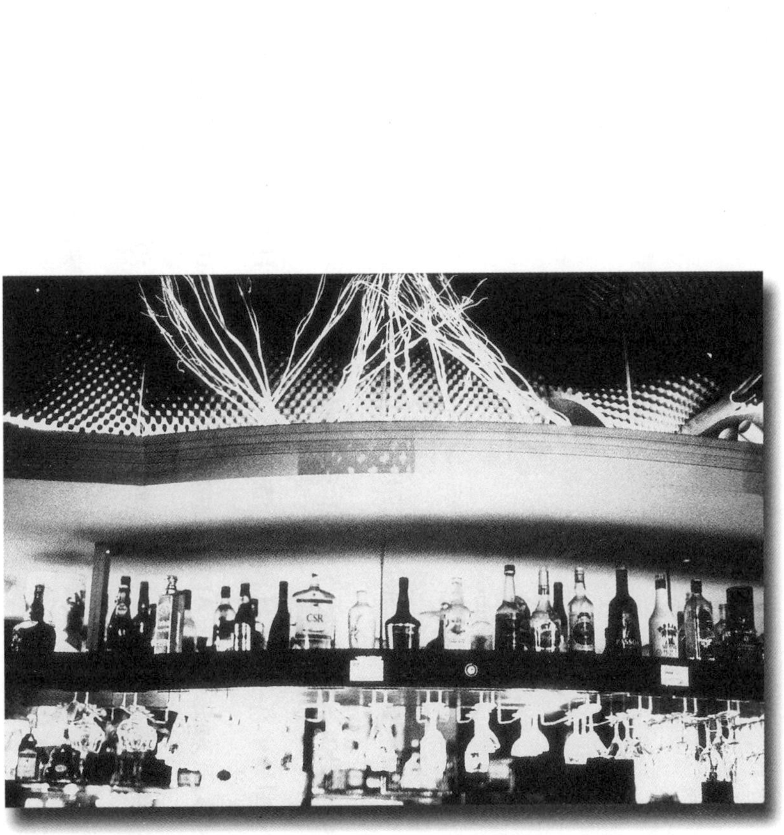

Colada／萎失禁騷耳Whisky Sour／怕騷挖Passoa／虜賴把Screwdriver／挖卡口Vodka Coke／深喉嚨Deep Throat／黑色拉遜Black Russian／姘客蕾蒂Pink Lady／自由哭吧Cuba Libre／大雞巴爆Tequila Punch／被奶溺淫Bailey's Milk／卡魯娃奶Kahlua Milk／夏娃輒亞當Eve Fucks Adam／亞當哈夏娃Adam Wants Eve／緊湯妳渴Gin Tonic／娃卡賴Vodka Lime

廁所

酒精是液體。

人體的液體量僅占一定的百分比，攝取過多，自主機能需要排泄。

於是穿過人群，你走進另一個封閉的空間。

廁所，讓我們姑且認定它是封閉空間中的封閉空間。

小酒館裡，安全封閉，店主提供你想像的材料，酒精給予你勇氣，於是你想像真實，在封閉中尋得自己。

第一個封閉，是自主。第二個封閉，是強制。

在封閉中的封閉，你暴露身體。非僅軀殼，你還暴露出你的內心狀態，在封閉的空間裡偷偷地留下一些痕跡，不留簽名，也一概不予承認。塗鴉之人呈現出原欲，可以稱之爲美學，也可以稱之爲暴力。在身體暴露的同時，總是聯想著性，排泄器官與性器官就近水樓台之便，往往令人難以區隔它們之間的些微差異。

二者皆不宜暴露也不許談論，是彼此孿生的證明。

有人迂迂迴迴地畫了幾近義大利漫畫家的圖畫，只是爲了告訴後繼者他來過了，水過無痕但凝視不滅。有的則簡單明瞭地寫下意欲的動作，讓人在寬衣解帶之時，難免感受到一種毛茸茸的壓力。

渴望與威脅，有的時候，靠得很近。

安全是一種心理狀態。在戰爭中緊緊摟住愛人，你很安全。躲在被窩裡想著昨晚看的那部鬼片，你心驚恐。在封閉的廁所裡，無

71 廁所

法漠視那些過往者留下的凝視，安全／不安全，無暇思索。

陌生人的凝視，在封閉空間裡，打破了之前種種的幻象，你走進虛幻，伸手要一個夢，外於現實的仙境，大腦自動痲醉。然而總有境外之境，那隻無形的眼，盯著，凝視著，你。

他們書寫不停，在小小封閉的空間裡，忍受雜陳的氣味，樂於將自己與此並存，永望著虛幻眞實，不知不覺形成一個夢魘，恐懼並非其初始的咒語，不過是暴露，想暴露在封閉之中的渴望。

但每一個渴望，均只有自己能承擔，其餘無人能受。

小酒館手記VI

幾年前J開了一間酒館，每次都說要去，照片都看過了，作為朋友應盡的報導也做了，甚至連經營的方向與轉型，連深夜常去的熟客都認識了，但最後與那間酒館最接近的時刻，便是在他家裡喝到關店時帶回來的蘇打水。

J說，沒有空去管理呢，倒也不是經營不善。

後來L開的那間酒館也倒了。當初也曾經轟轟動動地群集滿來自各大小傳播界、藝文圈人士呢，因為地點的關係，常常路過，也進去過兩三次，不過L去那兒的次數，大概也與我相差不多，數數手指頭可以擺平的寥寥。

L的店長說，老闆沒心力再去管這些了，想想關了算了。

這些業餘的嗜酒者，總想開間屬於自己的店，深更半夜拖群朋友，可以在這兒廝混到所有店都打烊的時刻，而自己還有回家的歸屬感覺。但始終都沒有空來享受泡在自家酒缸的那份醉意，不過想來這段日子卻必然也因工作關係，奉獻不少銀兩在別人開的酒館裡。

L說，到自己的店裡談事情，感覺很有壓力呢，好像自己在這裡是主人，總要招呼大家，輕鬆不起來，乾脆就不來了，然後也

75 小酒館手記VI

不懂當初是怎麼想的，為什麼要開這間酒館。

不想去思考那些必須負責的事情，也不想去面對那些熟悉的人，有的時候，陌生令人感到自在。

這是我不喜歡去捧場的原因。

僞裝

你進來，你出去，你可以再進來，也可以永遠缺席。

走進你常去的酒館，如果你依戀熟悉。你也可以選擇一個陌生的酒館，就像你登上了飛機航向異地，到一個沒有人認識你的國度，許多時候，陌生的感覺，令人輕鬆了起來，你擺脫了所有過去相關的記憶與包袱，重新展開一段新的生命。

你可以僞裝，在昏暗的小酒館裡。

也許你厭惡現在的身分，那換不了的工作，丟不開的親人，或者是你的學歷經歷曾經犯下的錯誤云云，身分證上簡單的基本資料，在你出生時就決定好了的命運，常常你希望這是一場夢，醒過來，你不是你，更好更壞無所謂，只要不是現在的這個你。

既然這不是夢，那麼你倒是可以走入夢裡。

走進酒館，僞裝成另一個人，換個身分，忘記你的所有人際關係，在這裡，展開新生命，即便只是一兩個鐘頭也好，體驗一下不同的人生滋味，只是一兩個鐘頭，玩不下去，推開酒館的門掉頭就走，離開這個空間，你又回到原來的你。

僞裝，一個模擬逼眞的舞台劇，沒有誰認識誰，你不過是個演員，想是誰就是誰，或者你喜歡將所有不敢告訴生活周遭的故事，都說給那些聚集在陌生酒館的演員們聽，反正他們爲你流下的眼淚或慶幸，都是戲劇效果要求下的產品。

酒館僞裝成你希望的時空，你僞裝成你想做的人，這是一個僞

79 偽裝

裝的空間，虛假的現實，卻比現實更接近眞實。

辦公室裡的同事、住家旁邊的便利商店、通勤必搭的交通車、必須來往的親友群，那些具有連續性的人物和場所，使得你不能逃避既有的自我認定，你已置身於社會時鐘與規範表之內，脫離是終結時方能得到的解脫。

酒館提供你不具連續性的場所，你可以僞裝，這本來就是一個遊戲的空間。既然是遊戲，就無所謂必然應該不能不非得必須玩下去。

小酒館手記VII

閱讀一篇很久以前的文章，是談大眾文化與政治經濟學方面的，裡面提到幾個有趣的觀點，關於個人的束縛與被歸屬的失落感。其實不是很新的論述，但卻讓我用另一個面向去思考pub中，那些往來者的心情。

對我而言，去酒館裡喝一杯，不也是一個很個人化、也很具自我獨特風格的事情嗎？然而除此之外，我還可以有什麼其他的選擇？我嘲笑那些因現實生活受困，而沈淪在pub中的朋友，但自己也落入這樣的牢籠之中，像是一種工業社會下宿命的時間表，沒有逃離同方的另一個選項。

「十八以迄十九世紀的文化乃是一個新的場域，原有的農業英國俗民文化被重整，資產階級新辦了報紙、音樂廳、賭馬，教會則辦了合唱團、樂團、假日查經班；新興中產階級則贏得足球及俱樂部活動，原來的休閒文化僅殘餘適當的小酒館和展覽歡樂活動等。」

農業社會中的娛樂與工作，是合而為一的，或者我們該說，那個時候並沒有所謂的工作制度存在，日出而作，日落而息，工作的時間與大自然相對呼應。而所謂的休閒活動，唯有群眾性的才能使人們感到真正的愉快，社群文化建立於共生共享的緊緊相繫之中。

或許現代人過於美化古代的生活，一種充臆單純幻影於其中

83 小酒館手記VII

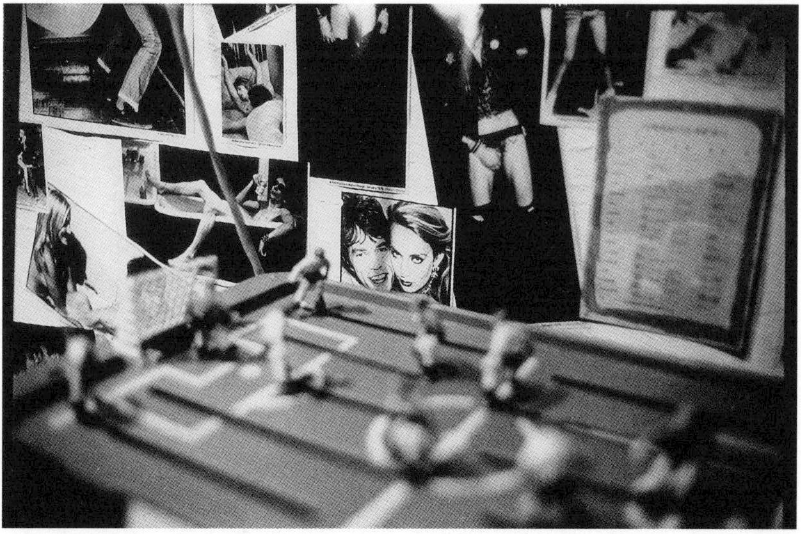

的構圖方式，使我們總不斷地將農業社會作為理想的生活範本，似乎屬於人自身的實踐奧秘，就隱身其中。

文明進程似乎所必需的就是消磨市民社會的共同信念，來增進生活的便利與進步。縱使社群主義在世紀末喧喧嚷嚷，但人在百年工業文明下，仍舊鍾情於一個人面對電視背對群眾。

忌口

有某些症狀時，對某些食物要忌口。或者吃了什麼時，因食物相沖產生毒素，所以對另一些食物要忌口。

飲食上，忌入口。

社會生活上，忌出口。

我們共同生活的社會是無菌純淨的，所以某些事情要忌口，不能討論，言談中要小心翼翼不可涉及，最好在心思中連想都不要想，不論這些事是否有行動上的禁令，但至少是應該在黑暗中進行。

酒館，處於黑暗地。我們可以在酒館裡偷偷談論，在封閉的空間裡放縱心思幻想，性、怠惰、忤逆、不合群、背離群體、不屑、討厭等等諸多負面價值，教育中，社會生活中所不被讚揚的、被貶抑的概念，在酒館裡，被容許存在，甚至成爲主流的聲音。

酒館裡鼓譟的搖滾樂，用高分貝不斷唱出、喊出這些忌口的話語，如果你說不出，沒有關係，從性愛到嗑藥，搖滾樂都可爲你代言。想說就說，不想說或說不出來就聽，這裡都是病菌毒蟲，人或許不是天生崇高純淨。更多時候，我們在泥沼裡會有種舒服的感覺，背負原罪，墮落是種自在的享受。

酒後亂性，不論此性爲何性，三杯下肚總會出亂，該禁酒如禁煙般處處見誡。然而字典上說：酒館是合法公開賣酒的場所。忌口，但在酒館裡，這該被忌的，成了唯一的選擇，彷彿這是個允許

87 忌口

觸犯禁忌之所。

於是視覺上該忌的，便也不嚴格了。性暗示的物品，散落各地，大剌剌的擺設，就唯恐過於謙卑而惹人恥笑：給了你犯忌的理由，你還客氣。當然看到之後，還得有些應景的反應，諸如哈哈大笑或是更肆無忌憚地身體力行，最好來場視覺觸忌大角力，場面才能撐得精彩。

觸覺上該忌的，也沒人在意了。黏答答的桌面，像是連捕蠅紙都可以免去，皮膚反應過於強烈者敬謝不敏，至於人與人之間的摩擦，那些總愛將人身侵犯掛在口頭上的，恐怕還是當隻寄居蟹較爲安全。皮毛廝摩就擦掌揮拳，這人性遇酒也不該就刺激得如此原始暴力。

聽覺上該忌的，那些粗話髒話，在這裡都是掛在口頭上親熱的

89 忌口

話語，語言意義的逆向操作，在此獲得轉捩。而聽力向來該是當談論他人隱私時突然退化者，在此也請勿有此項潔癖，這裡本就是流言交換中心，總不能進來了就得裝聾作啞悶頭喝完兩杯酒便轉身離去。

不過是不忌口而已，怎麼蝴蝶效應似地搞亂著明天的社會新聞版呢？

小酒館手記VIII

大為在他的文章中提到酒館的吧台文化，回過去看，才發現自己似乎從來沒有認真注意過吧台在空間中的意義。高掛的電視機、一個人獨自坐著的高腳椅……高腳椅，後來發現這樣的東西似乎在台灣的酒館中，除了吧台之外，並不會常設在許多座位上。台灣的酒館似乎很習慣坐下來就坐下來了，並不與旁邊的人進行交談或交流，即便旁邊那一桌高談闊論的題目自己並不認同，但也絕不會開口反駁。（我的意見只存在我自己的身體之中。）

回想起在國外酒館裡遊蕩的經驗。有一些提供輕食的酒館，他們會提供許多正常的餐桌和餐椅，但若是以酒為主的地方，甚或也提供簡單的三明治等等，似乎都相當習慣擺設一定數量的高腳椅，以便客人站立與走動。這樣的場所本就是提供公共關係交流，場所販賣酒精以助鬆懈工作後情緒，空間的定義於焉出現——

下班後／回家前／路經途中／休憩之所／非正式聚會／ 解情緒

在維多利亞時期，確實是這麼樣用酒精和情緒書寫酒館史的。

酒館是屬於男性的空間，男人在工作結束之後，回家之前，

DARSUN
此道不通
請改道
通行……

那一段短短的時間裡，他們群聚在鄰近的小酒館喝酒，談論關於工作時的種種。混雜著汗臭與酒氣煙味，還有娼妓的眼神。

屬於男性的聚會場所？二十世紀的酒館，無分性別，也不再提供有價的性交易服務，無價之寶，貴在（一夜）真情。

似乎是太單純的侮蔑了酒館裡的男女關係。那麼換個方式說，酒館提供了一個鬆懈精神、卸除武裝的空間，使得職場上祛除性別差異的緊張與小心翼翼，在此可以放肆。男性鬆綁領帶，捲起長袖襯衫的袖子，露出結實的肌肉，女性則輕撥秀髮，摘下眼鏡，讓開衩的裙子隱約露出大腿。性別差異的凸顯，使得「性關係」成為一個明顯的，且是可供追求的目標。

酒館裡的Candy

Candy是個二十歲的女孩子，注意她是因爲她的眼皮上戴了三只「耳環」（眼環？）。後來發現她常常出現在我和幾個朋友常去的酒館，而她身邊也總不乏異性陪伴，尤其是外國人，我和兩個朋友打賭，每看到她一次就蓋個指印，第十次蓋指印時，我們就去採訪她。

蓋到第八個指印時，其中一個朋友因遺傳性疾病發作入院，他打電話來說，我們提前採訪她吧。

Candy，五專畢業，之後進入通訊公司工作，最大的願望是環遊世界。

pub很好玩啊，可以認識很多人嘛，我喜歡交朋友，各式各樣的人都喜歡。上班接觸的人就是那一些，pub裡認識的感覺上比較自由，也不會在工作上有什麼瓜葛，有的時候，或許還對自己滿有幫助的。

什麼樣的幫助呢？

嗯，例如資源上的幫助啊，誰認識誰，誰又和誰牽得上關係什麼的。

我想我天生就是在pub裡混的吧，我不喜歡扭扭捏捏的，如果我覺得哪個人很有趣，我會主動去認識他，我喜歡認識一個陌生人的刺激感。

Candy，我們觀察妳一陣子了，發現妳常常跟外國人在一起，妳是不是特別喜歡和外國人交往？

嗯，我想沒有說一定，不過我討厭台灣男生那種小家子氣，外國人的觀念比較開放，而且沒有什麼負擔吧，大部分都是自己一個人來台灣，學語言啊工作啊什麼的，不會有很多牽絆和未來的考量。我也是這樣，我不想認識一個男的，就要和他「以結婚為前提地交往」，沒有必要這麼有目地的交朋友吧，合則來，不合則去。

我對pub的想法是很單純的，這裡就是我的家，至於我所租的房子，不過是我睡覺的地方，我沒那麼高尚的情操，什麼自己就可以肯定自己，我喜歡有人注意我，像你們啊，我也發現常常看見你們啊，你們有的時候好像是在議論我，我不會討厭，心裡還滿高興的。

受訪者高談闊論，採訪者面紅耳赤，覺得自己並不適合做偵探。

雖然如果有人告訴我有人在看我，我表面上會說討厭，不過如果沒有人注意我，我會很受挫，沒辦法，我是獅子座的嘛。

我的打扮有特別醒目嗎？或許吧。

Candy縱聲大笑起來。

因爲我的耳洞打在眼皮上嗎？還是因爲我露出肚臍穿著馬靴？有的時候我走在路上，是會招來一些奇怪的眼光，他們看我怪，我還看他們土哩。白天上班的時候，我們公司要求穿制服，其實穿上制服，每個人都長得差不多，一點個性都沒有了。有一次我把頭髮染成紫色的，主管還把我叫去罵，說我這樣會破壞公司形象，說人家會以爲我們公司還有特種服務。顧慮公司形象，那我的形象呢？

有的人敢這麼做，就應該有人敢接受，難怪現在發明的化妝品都是可以「短暫變身」的。

「短暫變身」的意思就是可以馬上洗掉或換掉，不會產生長久變化。

白天上班的時候，我也不敢戴眼環啊，可能會被K死。

我在這裡當然感覺到自由，很早我就學會抽煙喝酒了，可是在外面，不管做什麼事，只要是我自己眞心想做的，十之八九都會受到批評。在這裡，就算是批評，我也不在乎，這裡像我的舞台，我本來就是刻意打扮來這裡受人矚目的。

Candy，你會刻意在這裡結識異性朋友嗎？

Candy又縱聲大笑。

不會刻意，不過經常是這樣。就像我說的嘛，外面認識的男生，都是一堆拙蛋，會在這裡的，大概都跟我臭味相投吧，隨便你們看我是不是墮落，但就算是，我也甘願墮落在谷底，永不翻身。世紀末吧，我想。

我知道什麼是援助交際，不過我沒有賣，或許會有人透過這樣的關係獲得一些好處，但我如果和誰發生了什麼關係，純粹只是男歡女愛，大家happy就好。像其實我很喜歡跟男生摟摟抱抱的，有的時候親一親什麼的，大家都了，不過是種情趣嘛，好玩，可是在外面就不行。喂，有的時候，我也會突然很需要安慰，只是抱抱有什麼關係，又不是發生什麼事，但就會有人說這樣很淫蕩。

我不會很介意自己是不是女人吔，很多朋友都說我不夠女人，我很乾脆，當然有些過來搭訕的人是因爲異性相吸的關係，不過我就是很虛榮，人生就像一齣戲嘛，有人捧場總是件好事。

爆米花
吧枱有賣

我會在pub混到什麼時候？我也不知道，混到老吧？我想，總會有給老人混的pub吧。其實我很常混不同的pub喲，這間只是因爲我朋友在裡面做嘛，就比較常帶人來捧場，有的時候一個晚上混三、四家pub，趕場嘛，很忙，有的朋友在這裡，有的在那裡，只好跑來跑去的。

我也很喜歡去新開的pub呀，有些氣氛感覺眞的不錯，就會固定地比較常混一陣子。其實就是那幾個人開來開去嘛，說到最後，大家都認識了。

我喜歡什麼樣子的pub？其實也說不出來，感覺對了就對了。嗯，我想我會比較偏好未來感重一點的吧，比較前衛造型的，那種感覺很酷，而且去的人也都會比較有趣。像這間，實在不是很新潮，就常常會有一些歐吉桑過來，沒有不好啦，不過眞的，來的人

爆米花
吧枱有賣

就和其他幾間我最近比較常混的不太一樣，穿著打扮、談的話題都不同。

晚上除了來pub之外，不然就是和朋友逛逛街買東西，我不是很喜歡看電影，所以也沒有什麼其他的地方可以去，不過逛完街後還是可以繼續來「續攤」。

我不會特別去注意pub裡放什麼音樂，我有幾個朋友很迷重金屬，他們就很在意。當然，有樂團的感覺會比較high嘛，現場演出的氣氛是很好啊，跳起舞來也比較帶勁。如果沒有舞池可以跳的話，大家就是聊天呀，什麼都聊，八卦嘛。

偏離

我們偏離。

酒精、性交、性交易、怪異的裝飾、燈光昏暗、越夜越美麗、搖滾樂、煙、毒品、同性戀、打架、暴力、不見天日，我們偏離規範。

酒館，一個偏離社會正規的空間。

他們釣魚，我們釣人。

他們打牌，我們打人。

他們喝茶，我們喝酒。

他們白日亮晃晃地欺騙自己，我們卻在天黑後誠實告白。

酒館裡的，是社會中的偏離份子。不過是尋求解放與卸械，不想再背著白日工作時的認同與周遭做戲，不想再束縛於社會結構中的某一個定位，不必多問酒館裡的我是否走進另一個虛構的劇場，文明人都罹患妄想症，大家不須否認。

偏離不是非法，偏離只是不馴服。

白日的都市像是一個巨大的商品，我們一本新教精神兜售著資本主義與社會遊戲規則。產業結構與經濟奇蹟卻無法給予個人內心安撫，不平靜，需要酒精。需要調一杯加了幻想與自由的酒。

自由，一種心理狀態。囹圄中自有靈魂自由者不覺束縛，曠野中亦有心思煩擾者綑喘不及。

在酒館裡，我們自認爲自由。

BLUES
BLUE NOTE
BLUE NOTE
1500 SERIES
1501 1600
Blue Note
Blue Note
Blue Note

否則我們上哪裡去尋得？

昏暗燈光下，酒精助你幻想泅泳於深海，或徜徉於藍天遼闊。

你說你想去圖書館，對不起，午夜一時，知識早已打烊。

你說你想打球，對不起，深更半夜，球友們明日要工作，下回請早。

好吧好吧，喝杯咖啡吧，鐵捲門上白色噴漆字寫著資本主義時間表：營業時間早上十時至晚上十二時。你的手錶早已多走了兩格。

事物的秩序使得你的自由有點點限制，不過你還是可以自由地走進酒館。

即便那是偏離的空間，但你的偏離行爲滿足了心理，總感覺到這才是眞自由。

你不可殺人、不可姦淫他人妻妾、不可鬧事、不可忤逆主管、不可流浪、不可不謀營生、不可離婚、不可背叛、不可越軌、不可做出見不得人之事、不可之不可云云種種。

你不可去酒館尋歡作樂，不過此不可沒有那麼不可，鬆懈的禁令，讓你在此獲得了偏離的快感。

小酒館手記 IX

我想，那是一種「正在感覺」的當下。

晚上和J去pub，進去後，bartender 開始播放J的音樂，很短的一個片段，每次都是這樣，像是種奇妙的注目與尊重。和那些不熟的朋友寒暄過後，我們坐在吧台，感覺很舒服。

並沒有說話，只是聽著音樂，大部分我都不知道是什麼，和J向來都沒有太多的話好說，不過那種坐在一起的感覺是很好的，於是就常常這麼坐著。

坐在那裡的時候，我「正在感覺」著失序的時間，好像時序

a night at bird land
ART BLAKEY
in'n OUT

停頓，沒有流動，沒有前進或後退，也沒有被遺忘，不過卻感覺不到時間的存在，雖然幾乎每個小酒館裡，都會放一個應景的古董鐘，說明著酒精是如何地想要對抗時光飛逝的必然性，說明遺忘在這樣的空間裡有著多重要的地位。

不過那一刻，我卻體驗到了失去時間的感覺。

不只一次，我感到視力逐漸衰退，模糊的景象似乎與我的距離遙不可及卻又伸手可觸，彷彿有另外的一些事情干擾著我，使我無法對當下的事情專心起來，不過那些干擾是什麼，卻又全然不可知。

經驗著一場海市蜃樓般的失序狀態，沒有人能說這一切並不存在。當經驗者自身喃喃自語著曾經經驗過的事情時，當他深刻地體驗到這一切，不論恐懼、狂喜，或是悲哀與無助惶恐，正在

感覺的當下，永遠是最真實的一刻。

然而在這樣的時刻裡，我失去了留下任何證據的力氣，只是靜靜地坐在這裡，感覺不真實的暈眩，蔓延在小酒館裡，那些曾存在過關於海市蜃樓的體驗。

異鄉人之夜

一九九九年九月九日晚上九時九分九秒。

你想去哪裡？

不能擺脫的是你的膚色、髮色、眼珠的顏色、身形、動作、以往種種成長的記憶、身分證上的國籍、無法抹滅的過去，即便你說，這一切偽造的可能性，空間易改，時光難移。

如果說，物理時間與心理時間是可以分離的呢？活在世紀末的最後一刻，你想回到過去，體驗不同時光下的心境。

懷舊，有人這麼說。

是懷舊嗎？或者說，厭倦了注定的時空文化，渴慕過去某個時空情境所賦予的想像力，所以要回去體驗，過去的文字與泛黃照片，不足的文獻釋放出寬廣的空間，擺脫是比追溯更精確的說法，擺脫現在的這個情境，用另一個不同時空下的文化來塡補擺脫此情此景後的空洞。

喝酒的場所經過妝點，成爲異時空的封閉空間，每一間pub都標誌著自己所隸屬的時空背景：

我想我的心停留在一九二〇年代的上海。

想體驗維多利亞時期的矜持與優雅者，請到這裡來。

你不懷舊，你很前衛，你有前瞻性，我們提供你未來感。

高科技聲光享受，體驗下一個世紀冰冷金屬之夢。

預言者的酒吧。

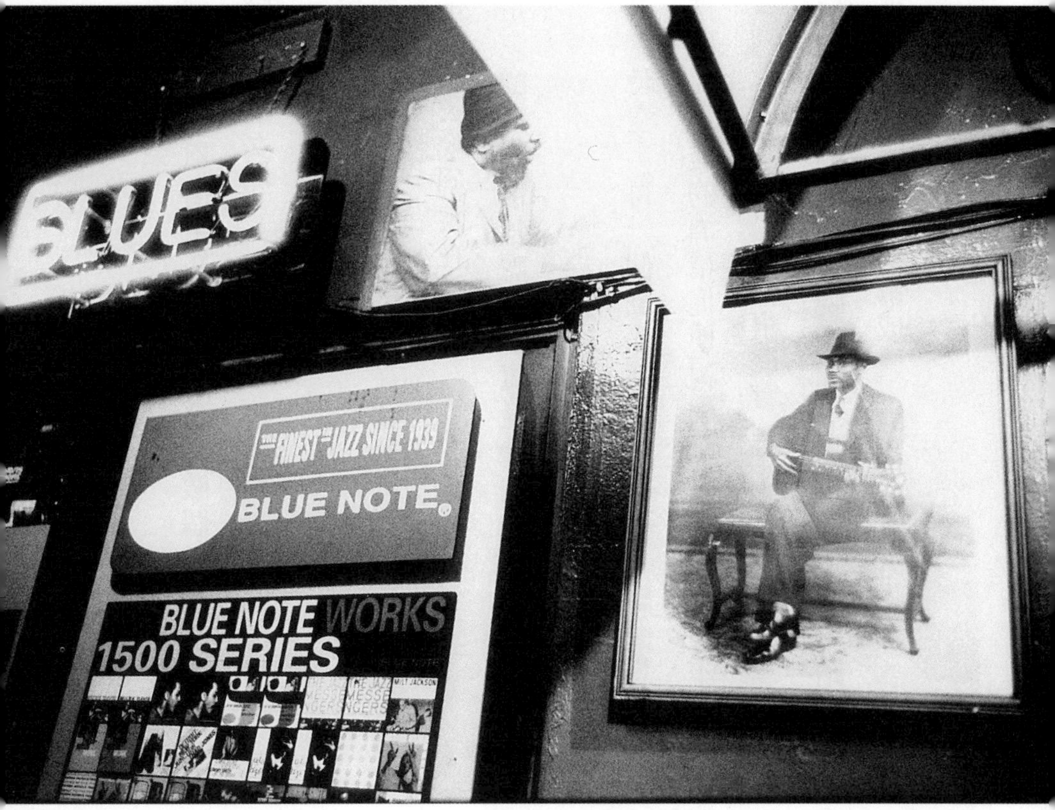
BLUES
THE FINEST IN JAZZ SINCE 1939
BLUE NOTE
BLUE NOTE WORKS
1500 SERIES
MILT JACKSON

我要粗獷豪邁的西部風情，拓荒讓我感覺像個男人，拓荒男人的結實胸膛讓我感覺像個女人。

擺脫現在。

想像空間必須封閉，否則現實就要從窗縫裡鑽進來。一枚時代不正確的銅板，都要將人喚回現在。

過去與未來是怎麼樣的情景呢？眞實是什麼，此刻此情此景，比眞實更眞實。

幻象式的超眞實時空，每一個細節都精雕細琢，確保想像力的無盡衍生，酒館裡消耗不盡的酒精促使視線矇矓，模擬文本而取代文本，從聲音語言到肢體語言，心情很眞實地走入另一個時空。

小酒館，一個屬於異鄉人的夜晚，你可以選擇今夜要踏入哪一個年代與國境，推開門，所有虛妄都成眞。

BLUES
Blue Note
SINCE 1974
Blue Note

小酒館手記X

不認真，這已是所有流連酒館的男女所共同默認的信念。燈光昏暗，酒意低迷，音樂撩人，世紀末享樂主義。於是縱情放聲大笑，竭盡誘惑挑逗之能事，唯恐不及。至於付費的主從關係，其實隨著稍後體位變更，誰也弄不清楚，也就當作平等。

「性」這一個課題，總是被拿來大作文章。壓抑說，解放說，原欲說……諸多說法，無人可抵賴的便是，性關係的混亂，總是與次文化連結在一起。叛逆主流的行動裡，反抗社會規範性關係是一個重要的動作，從根柢的，基進的，身心力行。

色情

應該說，其實並不一定是色情，而是有關於身體的欲望，在普通娛樂生活中所不被允許的，禁忌的地區，在酒館裡，成爲一個交談或觀看的重心。或者並不完全是因爲酒精的緣故，那只是一個提供迷亂的藉口，眞實的理由誰也摸不透，也許我們將介乎於單純的金錢性交易與高尙情色藝術之間的曖昧地帶，寄寓於此一模糊區域。

上空女郎、鋼管秀、各式各樣的性暗示物品或性虐待工具……凡此種種，不論是挑逗欲望，或者是詼諧趣味，都得以陳列，不管是表演的秀或是擺設，都在展示關於身體與性之間的種種欲望，那些走出酒館後就得三緘其口的秘密。

我們需要這樣的場所，能公開地顯露自己的渴求，不需隱瞞遮掩，將這個場所變成允許公開展露性的空間。赤裸裸地，毫不羞愧地，將本來就存在的合理化、正當化，不論是藉助酒精的魔術，或是空間的魔力，酒館提供的，不僅僅是色情，應該說是合理化的欲望，擺脫倫理壓抑束縛的快感。

眞實並不可貴，可貴的是展現眞實。

社會結構的組成單位不是個人而是家庭，色情爲家庭生活帶來太多困擾，提供的誘惑使得原有的結構將面臨崩潰，進而導致社會秩序的瓦解。我們似乎無法將色情當作一種娛樂與趣味，它必須附屬在倫理生活的一個環節之中，往往我們恐懼那未知的力量，唯一

125 色情

最好的方式就是將它鎖在某個房間。

當臥房鎖不住的時候，就將它鎖在夜晚的酒館裡，然後再將那個空間定義爲「罪惡的深淵」，於是在深淵中存在的種種事物，便等同於此，好男人不去，壞女人不走。無法去正視存在於其中的，究竟是人類難以面對的欲望，或者是另一種不滿的表達方式，漠視，或者低俗化，是掩飾恐懼的最佳途徑。

酒館，所有的表演都是色情。骯髒的欲望，絕對不等同於純潔的性。

127 色情

小酒館手記XI

收到亞馬遜寄來的書，書名是："MONEY IN MU$IC"。

副標上說：「每一個想成為能被固定受僱為現場表演的樂手必備知識」。

「能被固定受僱」？對許多熱愛現場演出的樂手而言，似乎能讓他們在微薄收入下度日，依然持續著熱情的，並不是「固定受僱」，而是「不斷被刺激」吧？現場的互動，那種以自己的音樂和聽眾直接表達的情緒溝通，像是嗎啡一樣地迷人，甚至為了某一刻情景，樂手耽溺著，等待半輩子，就為了曾經有過的那一個夜晚。

想起很多年前，一個朋友受幾個pub邀請，來台灣演出一個禮拜，第一個夜裡，完全沒有水準的即興，聽得令人髮指，他自己也不懂為什麼無法進入狀況，直至最後一天，他和鼓手莫名其妙地勾起了美妙的互動，最後的那半個小時，全場寥寥無幾的聽眾聽得癡狂，而我，在他們現場互動的眼神與神態中，了解了他當初為什麼放棄了高薪且受人景仰的的工作，苟延在勉強溫飽卻難有餘裕的夜晚酒館裡。

我想，當他們的音樂互通時，當發現自己演出的每一個音符都能引起聽者共鳴時，那種感動，是遠過於言語認同或千萬財富吧！

來自心靈最深處的滿足與快慰，那天我才懂得「知音」這兩個字有多美好。

然而在這本"MONEY IN MU$IC"中，我卻讀到令人窒息的氣味，那些過度實用的知識，將精神上的心醉神迷變換為實際物質必需，而在這轉換的過程中，消耗掉的便是那些無以名狀的狂熱。

那麼，做一個現場表演的樂手，和朝九晚五的上班族，差異在哪裡？職業與志業，那麼細微地，卻又遼闊地迥異於堅持與放棄之間。

書的內容鉅細靡遺，從印一張名片和寄信信封的尺寸，到現場演出應有之裝備、對人的態度和形象、郵寄名單的整理、如何巡迴演出和節稅、必須會唱或演奏的歌曲……這是一本好書，尤其是研究資本主義運作邏輯，清楚把一個樂手如何將自己物化為

商品的過程，從頭到尾地交代了一遍。

一個商品化的過程，終極目標是鮮花、掌聲、名氣，和金錢。

這種感覺很奇妙，書中說現場表演是一種「情緒事業」（emotional business），既要當一個音樂家，又得是一個生意人。聽起來實在是理性得令人不想接受，不過應該可以吸引很多想將現場當作一生職志的樂手吧。據說這本書在美國一些鄉村音樂盛行的地區，是本非常暢銷的「現場演出指南」。

做一個煽情的現場樂手吧，像不入流的連續劇演員，騙取觀眾的熱淚如狗血灑，激情永遠比真情來得值錢，只是不雋永罷了。

聲音

酒館裡的聲音。

酒館裡音樂的聲音。

酒館裡搖滾樂的聲音。

酒館裡搖滾樂震耳欲聾的聲音。

酒館裡爲什麼特別喜歡這樣子的聲音？

我們活得宛如清教徒。躬信著刻苦的生活必能獲得資本主義救贖。禮樂射御書數當然是我們基本的文化基礎，可是有的時候，聽見某些偏離者說出猥褻字眼時，那些意旨強烈、用語粗鄙的言語時，奇妙的是，我們會有一種小小的快感。

某個令人討厭的傢伙剛剛轉身，我們在背後低低地用那些偏離的字眼咒罵他。在沒有人的時候，我們盡情地狎褻高尚的言語及情操，彷若那才是我們的眞面貌，不知道只是喜歡體驗另一種表達方式的樂趣，或者是那樣的性格潛伏在我們教養假面背後。

搖滾樂，一種騷動、總愛故意觸犯禁令的聲音。裡面有性、麻醉、迷亂、墮落、自我放逐，以及種種規訓者無法認同的價值。狂烈粗暴的表達方式，喚起了肉體的快感，接著而來的，便是逃逸社會價值觀的背叛欲望。不論是否實踐，至少在這樣的聲音裡，大腦接收並傳遞了另一種訊息，非規範性的，得以自由的，毫不迴避自己眞實想要的，漠視他人眼光的。

搖滾樂成爲我們表達心靈狀態的另一種方式。如果我們不敢從

自己口中說出，那麼就假借他人的聲音，順應著節奏搖擺，讓音樂夾雜間接的反抗。

有些人喜歡當清教徒，那就去當清教徒。有些人喜歡孤獨自棄，厭惡世俗加諸於己的價值觀，卻偏偏不被允許。某個程度上，我們都不斷地在背離最初的自己，不斷地向這個社會妥協，直到最後，沈溺在搖滾樂之中，藉由這些嘈雜的聲音，淹沒自己的小小反抗動作。

小酒館手記 XII

那是在「九七」的前兩年。

因為採訪的關係，我在香港住了一個星期，每天白天工作，晚上回飯店睡覺，中間那段空檔，無家可歸，呆坐旅館內看著聽不懂的電視節目，又嫌淒涼，唯有pub可以依靠，便漂流到此，當作臨時寄居之所。

朋友帶我去那間在蘭桂坊盡頭，名為「六四」的pub，強烈反抗的政治意味，使得無須贅言便已獲悉開店的理由。朋友說，六四之後，有一段很長的時間，異議人士群聚於此，受到竊聽監

你在做什
但你們仍
應相知相惜
爽

控，直到最近，「關心」才逐漸轉弱，不過九七又要到了，恐怕「六四」的命也不長了。有人開玩笑，不如就改名叫「九七」吧，我想倒也是不錯。

酒館裡有著不少藝術工作者留下的痕跡，從牆上的塗鴉與裝置，到寄賣的小書，進來的都能立時呼出名字，看來不是老朋友，這小小的兩扇門還推不開。大家的話題，無非就是最近的表演或時事趣聞，說是另一種版本的《蘋果日報》，可能會被朋友們群毆，那就換種說法，說大家聊天的內容，像是有「嚴肅社評」的《蘋果日報》吧！

然而正因著許多共同的（受苦的）經驗，在這小小的香港社會中掙扎求存的生活過程，總是能不斷地自我嘲解著過於慘烈的挫敗與太容易的成功。

OLD
№ 7
MGD

酒精提供了說話的勇氣，不論是誠實或謊言，在這彈丸之地，說想說的話是一件比社交困難許多的事。

酒館裡的戀人

這樣的經驗眞的是很奇妙。有一天晚上，我加班到深夜，突然一個不太熟悉的朋友打電話進我的工作室，我們相約在不遠處的小酒館裡，聚在一起的幾乎都是點頭之交，只是因爲他們剛好到我工作室的附近，所以我們在小酒館裡共同分享這個夜晚。

我們點了一些啤酒和花生，十點半過後有現場演唱，是一個長得不是很好看，化妝也有點略嫌俗艷的女人，但是她的歌聲奇佳，渾厚而富有磁性，唱起流行歌曲來眞是輕而易舉，我想如果加以訓練，她或許會是一個很出色的爵士女歌手。

我們聽著無聊的流行歌曲，不論是新歌、老歌，國、台語或西洋，其實並不重要，我們只是要在沈默的時候不要顯得太過於沈寂，有的時候，突然有人想說話了，就彼此交談，但累了不想出聲，也沒有人會尷尬，因爲那個女歌手代替我們製造了許多化解的方式，所以我們很自在。

但那天晚上，我們都流下了眼淚，在那間一點特色也沒有的小酒館。

眼淚是起源於十二點過後，現場演唱結束，一個看來還在讀大學的男孩子上去彈電子琴伴奏，台下的客人可以隨意上去點唱，有點點西洋「那卡西」的味道。我們大家起鬨鬧了一兩個朋友上去獻聲賣唱，大家都玩得有點忘形，

偌大的酒館除了我們之外，只剩下一桌喝醉酒開始亂性的少年，還有兩個坐在酒館正中央的中年男女。

快過一點了，我們有點疲乏了，也都因爲醉意的關係，安靜了下來，電子琴少年仍在努力地爲空間製造些氣氛，然後，那個中年男子站了起來，走向小小的舞台，他唱起了一首很老卻很美的歌，那是「初戀女」。歌聲是很好的，但有著另外的奇妙感覺，人的情感就是這麼一回事，讓我們稱之爲「共鳴」吧，似乎有一種強烈的情緒撼動在他的歌聲中。

我們用力地鼓掌，他鞠躬下台。不一會兒，他又上台了，但他開始說話，是對我們，也不是對我們。他說的每一字每一句，即便這麼久之後，我都還記得一清二楚。

「我在年輕的時候，辜負了一個女孩子，沒有想到三十年後，

我們會再重逢。她沒有辦法相信我在這麼長的歲月裡，從來沒有忘記過她，當然，我的行爲也不值得她相信，我結婚又離婚又再婚，我沒有資格用堅定向她證明我對她的愛情，在這麼漫長的日子裡，除了悔不當初之外，只有與日俱增，現在我要爲她唱一首歌，希望在場的各位爲我做個見證，我愛她，我願意用我生命剩餘的歲月來證明一切。」

接著，他唱起了「月亮代表我的心」。

那名坐在台下的中年女子，體態有些臃腫了，化過妝的面容也無法隱瞞任何生活的磨難，對我而言，她普通得像是無法引起任何男人遐思的平庸婦女，但是那一刻，當她聽著台上愛人吐露心聲時，眼眶中閃爍的淚水，聆聽歌聲時的掩面啜泣，卻令人感受到自她身上散發出的光輝。

Lite

當一個人全心全意地愛著對方，或被對方全心全意所愛著的時候，我們這些在周圍的陌生臉孔，都要因他們之間跨越時空的愛情，而感受到聖潔的輝映。

我們之間，不論是多麼不相信愛情的人，都舉杯祝福，不管明天會如何，至少那一個夜晚，我們這群或許再也不會再見面的朋友，共同在小酒館裡，分享了這個奇妙的經驗，在遠處角落裡初初體驗著愛與性的少年們，似乎朦朦朧朧地醉了，或許三十年後，某一個夜晚，他們之間也會有人選擇一家陌生的小酒館，爲自己過往的荒唐懺悔與表白。

這是發生在小酒館裡的故事，後來，我就再也沒去過那間毫無特色的小酒館了，只是每次經過，思及那一夜，總覺得它在記憶裡泛著愛情的餘暉。

我在酒館裡

不夜城／繁華／情欲流動／愛欲糾葛／浪漫／狂歡／沈溺心靈／高品質／不羈夜／激情／塵囂／白領階級／都市新貴／黑暗中的安全感／美國六〇年代／年輕貌美的服務生／值得您一遊／青春動感／神秘／異國情調／桃花源／仙境／特立獨行／叛逆／頹廢／時光隧道／（外國地名）風情／魅惑夢幻／瘋狂／洗滌

以上這些形容，是隨便取材自幾本坊間常見的pub導覽中的字詞。

如果這只是一個「場所」，那麼pub不過和所有的飲食所在一樣，是一個提供酒精和小食的地方。

但是就以一個空間而言，人推門進入，將這個場所空間化，「我在pub」這一個聲明，便對其進行了某些敘述。姑且先忽略名字的存在（命名又是另一種有趣的遊戲），我在一個什麼樣的pub呢？

我在一個　情欲流動　的pub。

我在一個　沈澱心靈　的pub。

我在一個　青春動感　的pub。

我在一個　異國情調　的pub。

我在一個　特立獨行　的pub。

我在一個　時光隧道　的pub。

我在一個　叛逆頹廢　的pub。

我在一個　愛欲糾葛　的pub。

我不會在一個「左邊是電線杆，右邊有一排公共電話，前面還有7-11」的pub。（沒有詆毀的意思，但這樣現實具象的形容，我們常常會用在定位路邊攤。）

一個空間裡的人，一個特定空間裡的人，都正在爲彼此尋找定位，也定位自身。我在一個什麼樣的小酒館，是什麼樣的人會去的小酒館，我是個什麼樣的人。也因此，反之亦然，我不會去什麼樣的小酒館，我不屬於什麼樣的人際範圍，我不是什麼樣的人。

書中圖片取景自Blue Note、犁舍、女巫店、Roxy Plus、夜班、@Live，謝謝他們在拍攝上的協助。

謝謝生智的孟樊和于善祿，他們應該一個會在有好喝紅茶的pub，另一個會在有現場表演的pub。

BLUES
THE FINEST IN JAZZ SINCE 1939
BLUE NOTE
BLUE NOTE WORKS
1500 SERIES

謝謝攝影謝佳玲，她應該會找一個頹廢的pub。

而我呢？

我在一個　值得您一遊　的pub。

ENJOY 003

蔓延在小酒館裡的聲音

作　　者／李　茶
出 版 者／生智文化事業有限公司
發 行 人／林新倫
總 編 輯／孟　樊
執行編輯／晏華璞
美術編輯／周淑惠
登 記 證／局版北市業字第677號
地　　址／台北市文山區溪洲街67號地下樓
電　　話／(02)2366-0309 2366-0313
傳　　真／(02)2366-0310
E - mail／tn605547@ms6.tisnet.net.tw
網　　址／http://www.ycrc.com.tw
郵政劃撥／1453497-6 揚智文化事業股份有限公司
印　　刷／鼎易印刷事業股份有限公司
法律顧問／北辰著作權事務所　蕭雄淋律師
I S B N／957-818-134-5
初版一刷／2000年7月
定　　價／新臺幣160元

北區總經銷／揚智文化事業股份有限公司
地　　址／台北市新生南路三段88號5樓之6
電　　話／(02)2366-0309 2366-0313
傳　　真／(02)2366-0310

南區總經銷／昱泓圖書有限公司
地　　址／嘉義市通化四街45號
電　　話／(05)231-1949 231-1572
傳　　真／(05)231-1002

國家圖書館出版品預行編目資料

蔓延在小酒館裡的聲音 = Live in pub / 李茶
作. - - 初版 - - 臺北市：生智，2000〔民
88〕
面：　公分. - - (Enjoy；3)

ISBN　957-818-134-5（平裝）

855　　　　　　　　　　　　89005556